KB039644

나무의 목숨

신승근 시집

나무의 목숨

달아실 시선
31

달아실

일러두기

1. 본문에서 하단의 〉는 '단락 공백 기호'로 다음 쪽에서 한 연이 새로 시작한다는 표시이다.
2. 보조 용언과 합성 명사의 띄어쓰기 등 본문의 맞춤법은 시인의 의도에 따른 것임.

시인의 말

나무마다 바람을 맞는 품새가 다르다.
고목일수록 바람에 맞서기보다
바람의 길을 제 몸속으로 내어준다.
물처럼 흐르는 우아한 초식이다.
그것이 어디 생각에서 왔겠는가.
바람 앞에 펄럭이는 참나무 숲에서 배운다.

내게도 많은 바람이 지나갔다.
내 안을 통과한 바람의 흔적들을 모아
새 시집을 묶는다.

2020년 가을

신승근

차례

1부

오래된 겨울

나무의 목숨 1

첫눈 내리고도 한참을 지나서야
난로에 장작을 넣었습니다
올겨울에도 세상을 마저 건너갈
나무들이 많을 테지요

죽은 나무인데 어떠냐며
아무렇지도 않게들 도끼를 들이밉니다만
나는 아직도 나무들의 생애를
잘 모르겠습니다
저렇듯 폭발하는 영혼에게
제 몸을 헐어 다른 생을 돕는 목숨에게
어찌 죽음을 얹을 수 있겠는지요
죽음이 저토록 가열할 수 있겠는지요

굴뚝을 빠져나온 나무의 한 생애가
헐거운 육신을 벗어놓고
자기들 숲으로 되돌아갑니다
벗어던진 육체는 남아서
끝끝내 내 혼을 달구고 있습니다
〉

한 생애가 또 다른 생에게
목숨을 건네는 순간입니다.

나무의 목숨 2

뒤뜰에 나이 많은 대추나무 여러 그루가 있습니다
얼추 환갑은 넘은 나무들이지요
그중 가운데 것이 병약하고
수확도 실하지 아니해 베어내기로 작정했지요
그런데 동네 어르신들이 자꾸 망설이게 하는 겁니다

집 안 낭구는 마구 건드는 거 아녀
동티 나믄 우환이 생겨

처방이 없느냐니까 옆에 있는 동무 나무와
새끼줄을 이어서 목숨을 건네주라는 겁니다
듣지 않았으면 모를까 자꾸 켕기는 걸 어찌합니까
그러나 아무리 찾아도 새끼줄이 어디 보여야지요
어쩌냐 어쩌냐 하다가 대추나무에 걸린
노란 나일론 빨랫줄이 보이지 않았겠어요

미안허다 어쩌냐
맘에 차지 않더라도 그냥 건너가다오
〉

마음속으로 정성을 다해 베어냈습니다
그런데 노란 빨랫줄이 자꾸 따라와서는
내 잠을 묶어버립니다.
자꾸 어른거려 잠을 뒤척일 때도 있고
식은땀을 흘리며 벌떡벌떡 일어날 때도 있습니다

나무의 목숨이 동무에게로 미처 건너가지 못하고
아직 머물러 있는 모양입니다

나무의 목숨 3

장작을 패다가
성질 사나운 놈을 건드렸습니다

도끼질 한 번에 정강이가 깨지고
두 번째는 장독이 박살났습니다
약이 올라 모탕에 묶어놓고
죽어라 두들겨 팼습니다
이제는 아예 도끼마저 삼켜버렸습니다
이놈이 정말 괘씸합니다
쐐기를 박고 혼신으로 내려치면서
그놈의 배를 기어이 갈라놓았습니다

그런데 영 개운치 않은 겁니다
뱃속에 팔뚝 같은 옹이를 감추고 있었던 것을
그놈이 이제껏 심술을 부렸다는 것을
알고 나니 문득 허망해집니다
너도 맺힌 것이 많았구나
길길이 날뛰던 심사를 이제야 알 것 같습니다
그랬던 것을 이제껏 악다구니를 쓴 걸 생각하니

공연히 얼굴이 뜨듯해집니다

내 속에도 작지 않은
옹이가 많이 박혀 있었거든요

오래된 겨울

늦은 저녁
군불 지피던 연기가
굴뚝목을 채 빠져나가기도 전에

얘야, 어둠도 발이 시리단다
방문을 아주 닫진 말아라

그날 할머니는
느리게 허리를 끌어올리며
저녁놀처럼 일렀습니다
부엉이 울음이 차츰 낮아지는
밤이 찾아왔습니다

문설주를 두드리던 바람도 차가웠습니다
할머니는 화로에 마저 담던
불씨를 덜어서
어둠의 발치로 밀어 넣었습니다
어둠이 발을 뻗고
깊은 잠이 들었습니다
〉

할머니도 나도
천천히 어둠에 담겼습니다

아주 오래된 겨울밤이었습니다

빗소리 너머

빗소리에 묻힌
고요가 찾아왔습니다
안개가 큰 산을 떠메고
너른 강을 건너고 있을 때
흰 두루미 한 마리
빗소리 위에
제 몸의 반을 접어 얹습니다
절반은 고요 속에 담겼습니다
내 몸도 접으면
빗소리 어느 갈피쯤에
다소곳이 누워
고요의 한복판에
다다를 수 있을까요
빗소리 너머
고요 속에 다다른
당신의 외로움을
가만히 적셔줄 수 있을까요

곁을 지킨다는 것은

이만큼, 이 이만큼 떨어져서
당신을 본다

그대와 나 사이
아스라한 거리를 만들고 싶어서다

그 거리만큼 당신은
나에게 다시 기다림이다

가까이 있어도 먼 그대라면
그리움은 또 얼마나 클까

곁을 지킨다는 것은 이렇듯
설레는 가슴으로 사는 일이다

그러므로 사랑은

사랑은 나무를 보는 게 아니라
나무와 나무 사이를 보는 것이다

꽃만 보는 게 아니라
꽃이 담긴 허공을 함께 보는 것이다

눈물만 보는 게 아니라
눈물 너머 더 깊은 곳에 담긴
슬픔까지 어루만지는 것이다

그러므로 사랑은

나무와 나무 그 사이에 있고

꽃이 담긴 허공에 있고

눈물을 지나 슬픔에 가닿은

가슴 저린 그리움 그 너머에 있다

누구냐, 넌

시를 쓴다는 건
외로움을 절벽처럼 대면하는 것인데
외롭고, 외롭고, 외로워서
가파른 비명을 지르며 나를 마주하는 것인데
그것이 너무 서럽고 무서워서
나를 도망쳐버렸던 것인데
어느 날 바람같이 찾아와
시의 절벽 끝으로 나를 밀어 넣는
너는 누구냐

시를 쓴다는 건
저녁놀 붉은 어깨에 내 손을 슬며시 얹는 일인데
그와 함께 적멸을 맞이하는 일인데
아름답게 더불어 혼절하는 일인데
그것이 두렵고 무서워
시를 도망쳐버렸던 것인데
어느 날 느닷없이 다가와
나를 뿌리째 흔들어버린
너는 도대체 누구냐

상처

밭고랑에 엎드려 풀을 뽑는다
버티려는 뿌리와
뽑으려는 내가 실랑이를 벌이다가
가까스로 삐져나온 풀뿌리에서
안쓰럽게 매달린 상처를 본다

우리네 가슴 속에도
뽑히지 않고 남은 응어리들이 있을 것이다
때론 기억의 한 모서리에서 튀어나와
정강이 뼈를 호되게 걷어찰 때에도
풀들이 아픔을 내뱉지 않듯
끝내 비명을 안으로 삼키는, 그런

나는 그것을
그리움의 상처라 부를 것이다.

아득한 기억 속 어느 길모퉁이에서
스치며 지나갔던 아픔들이
쌓이고 쌓여 응어리가 된, 그런
〉

그러나 지금은 그리워지기도 하는, 그런

너는 내게로 왔다

손주를 업고 추녀 끝
풍경 소리를 듣습니다

바람이 다녀간 자리를 용케 알아채고는
아이가 손가락을 내밉니다
손끝에 풍경 소리가 매달려 따라옵니다
풍경이 소리를 데리고
아이의 눈망울 속에 오랫동안
담겨 있었습니다

대추나무 산수유 복숭아가
담장 너머에는 들깨 수수 메밀꽃이
멀리 앞산에서는 상수리 자작나무들까지
숲을 이루며 찾아와
아이의 눈망울 안에 앉았습니다
삼라만상이 아이에게 들어와
한 우주를 이루고 있었습니다

등이 참으로 따뜻했습니다

오래전 나도 아버지 등에 업혀
세상을 이렇게 만났을 테지요
그걸 일깨우려고
아이가 내게로 왔습니다

아이가 내게 기적을 보여줍니다

사랑도 나온다면

현금인출기 앞에서였습니다

할아버지 카드 넣으면 돈이 막 나와?
그럼 할아버지가 요술쟁이지

할아버지 그럼 아주 많이 나오게 해서 아빠한테 보내줘
맨날 동생이 출근하지 말고 놀아달라고 아빠 붙잡고 울어
근데 아빠는 우릴 위해 돈 벌러 회사에 가야 한대

할아버지 저기에서 돈 나오면 아빠에게 꼭 보내줘
아빠 출근 안 하고 동생 많이 안아주게
그럼 동생이 울지 않을 거야

말없이 아이의 손을 꼭 잡았습니다
할아버지 난 괜찮아, 정말 괜찮아

그날부터 나는 까마득한 벼랑 끝에 섰다가
허공중에 한 발을 내딛는 꿈을 자주 꾸곤 합니다

페이스 타임

엄마가 보고 싶다고 우는 아이에게
페이스 타임을 켰습니다
화면을 보던 아이는 더 크게 웁니다

여기 엄마가 나왔네 엄마 불러봐
할머니가 손녀를 애타게 달랩니다
화면 속의 엄마도 아이를 부릅니다
아이는 더 악을 쓰며 울부짖습니다

할머니가 아이의 손을 잡고
화면 속의 엄마를 가리킵니다
아이가 화면을 문지르며 소리쳤습니다

안 만져지잖아

귀거래사

나 이제 갈란다

가서 시드는 꽃잎이나
속을 텅 비운 채
서 있는 나무들
오래오래 바라보면서
세상을 향한
육두문자도 다 집어던지고
이젠 나무 쪽으로
발을 뻗으며

어느 날은
굴참나무 한 그루로
저녁놀 속에 앉아 있다가
어느 날은
푸른 하늘에 낯을 담가도 보고

그대가 세상의 너른 강을
건널 때에는

그 밑에 엎드린
징검다리도 되었다가

나풀나풀 뛰어가는
흰 정강이뼈에
휘감기는 바람도
되어보면서

나 이제 갈란다

아우라지

아우라지 강둑을 따라 걸었다
아지랑이가 발목을 칭칭 동여매는
따뜻한 봄날이었다

뱃사공과 나는 서로 다른
강변을 바라보고 있었다
송천과 골지천이
어우러지는 자리였다
닳고 닳은 삿대 끝이 사공보다
더 일찍 늙어 보였다

아우라지가 많이 아파해요
어름치 쏘가리도 산란을 멈춘 지 오래고요
저 강이 나보다 먼저 죽을지도 몰라요

뭉뚝한 삿대 끝이 바위를 찧듯
사공의 말이 가슴팍을 퍽퍽
쑤셔대는 봄날이었다

맨발

맨발로 논에 들었다
발가락 사이사이로 흙살이
솟구쳐 올랐다
뭉글뭉글 가슴이 울렁거린다
논바닥이 맨살을 열고
나를 온몸으로 받는다
아아, 발을 옮길수록
아득해지는 깊이
부르르 몸을 떨다가 마침내
절정에 가닿았다
맨발로 벌거벗은 진흙 속에
내 몸을 담갔다
드디어 내가
논두렁에 서서
논바닥의 마음을 훔쳤구나

기차는 흘러가네

기차는 아우라지로 흘러가네

텅 빈 가슴속 같은 터널을
터널 같은 가슴속을 빠져나와
숨 가쁘게 마지막 토악질을
비탈밭에 쏟아붓네

눈길이 자꾸 먼 산등성이에 머무네
이제는 낡은 책갈피 속에서나 접혀 있을
통일호 열차에 관한 추억도 되살아나고
강원도 어느 깊은 골짜기에서나
메아리로 살아 있을
목쉰 비둘기호의 경적도
들린다네

외로움이 외로움을 집게처럼 붙잡고
외로움이 더 큰 외로움에 업혀서

아, 기차는 아우라지로 흘러가네

이름 모를 풀꽃

이름 모를 풀꽃을 만나더라도
굳이 이름을 알려 하지 마세요

누군가 풀꽃들의 이름을 모른다 해서
너무 나무라지도 마세요
그러는 당신은 이웃집 아이들 이름을
얼마나 많이 알며 살았나요

아래층 위층 이웃들은 모르고 지내면서
풀꽃들 이름 좀 몰랐다고
핏대 세우지 마세요
당신이 풀꽃들의 이름을 알아가면서
사라지는 꽃들이 더 많아졌어요

이름 모르면 모르는 대로 그냥 두세요
당신이 관심을 두지 않는 만큼
이름 모를 풀꽃들은 다른 풀꽃들과 더불어
더 행복해질 거예요

꽃들이 온다

꽃들이 온다

지난해 다녀간 자리를
콕 찍어 다시 온다

허공에 팔 벌려
나무들은 기다린다

매화나무 가지가
제일 먼저 숨 가쁘다

산수유도 살구나무도
덩달아 분주하다

처마 끝에 앉아
난 무얼 기다리나

너도 꽃이다

나비 한 마리가 천천히
아주 천천히
바람을 가르며
꽃 진 자리에
오랫동안 머물렀다

지난봄
꽃이 다녀갔던 자리를
꽃이 잠시 머물렀던 자리를
허공중에서
저처럼 콕
찍어낼 수 있다니
향기롭게
머물 수도 있다니

아아, 이젠
너도 꽃이다

네가 온다면

네가 온다는 쪽에서
바람이 먼저 불어와
가슴을 적셨다

바람의 귀퉁이가
반쯤 접혀서 왔다

예감처럼 부풀어 오르는
이 쓸쓸함의 무게

차라리 온다고 하고
저만큼에서
이제 막 온다고만 하고

도착하지 않는 설렘만으로
언제나 네가 올 수 있다면

얼마나 좋으랴

집

큰아이가 가정을 이루어 떠나고
작은아이마저 제 짝을 찾아 떠난 후
텅 빈 적요가 적빈처럼
가슴 속을 쓸어내리던 날

마당에서 잡초와 노니는 아내를
물끄러미 바라보다가
빈방을 이리저리 거닐어도 보다가
툇마루에 걸터앉아
먼 산을 본다

절간이 따로 없구나

문 닫아걸면 깊은 산중이라더니

그대여, 이젠 그만
늦은 공양이나 들자

산다는 것

허투루 피는 꽃은 없다
벼랑 끝에서 온몸으로 바람 맞는
패랭이꽃도
그의 온 생애를 건다

허투루 지나가는 생은 없다
뙤약볕 아래 혼신으로 몸 뒤집는
지렁이도
그의 전 생애를 건다

봄이면 봄
여름이면 여름
가을이면 가을
겨울이면 겨울

자연은 언제나
바로 지금이 최선이다

홍수

이것이 내 길이다
울부짖으며

물길이 지나갔다

집이 가라앉고
다리가 무너지고
산이 뽑혔다

사람들은 넋이 나갔다

봄이다

봄물이 오른다더니
집 안 뜰 하나 가득
연분홍의 꽃 사태다

내 가슴에도 스멀스멀
물이 차오른다

살구나무가 가장 먼저 몸부림을 치며
부끄럼 없는 멍울을 드러낸다

저놈이 터지는 날
세상천지

우린 모두 죽었다

가을

숨이 막힌다 가을
가슴이 온통 피멍이다
문지르면 금방
재가 될 것 같아
남몰래 접어
너에게로 보낸다
행여 네 잠 속에도
가을이 성큼 내려서거든
그냥 함께 뒹굴며
물들어버려라
저 너른 강물 속으로
산이 걸어 들어가듯
만지면 터질 것 같은 슬픔이
네 잠 속으로
걸어가고 있다

겨울 강

겨울이
강을 건너왔다
앞 강물에도 살얼음이 잡혔다

산 그림자가
강물 속에서 오스스 떨다가
어둠을 간신히 털어내고는
강을 건넌다

언제쯤 저 강물도 쾅쾅 얼어붙고
제 슬픔을 등짐 지고 건너갈
바람이 불 것이다

젖은 발을 질질 끌며
꺼질 듯 꺼질 듯 세상을 건너갈
사람들도 볼 것이다

2부

무릉과 도원 사이

마음 가는 길

마음 머무는 자리가 어디
내 몸뿐이겠는가

느릅나무 속 갈피에도 머물고
탱자나무 가시에도
정자나무 그늘에도
매화꽃 향기에도 머무나니
머무는 자리마다
내 몸 다시 피는구나

마음 가는 길
길섶에서 만나는 풀꽃마다 들렀다가
그 향기 데리고
너에게로 갈 것이다
먼 산빛이 늦은 초록으로 보이거든
너 또한 그 그늘에 발을 담가보아라

마음은 언제나 머물고 싶은 자리에 있다

몸의 말

침을 놓을 자리를 물었더냐
눈으로 보고 마음으로 찾아라
그곳에 혼신으로 너를 밀어 넣거라
눈 가는 길로 마음 따라 보내라는 말이다

마음이 어디 있느냐고 물었더냐
몸이 건네는 말이 곧 마음이니
몸과 마음이 다르지 않으니라

마음이 무엇이더냐
만질 수 없는 몸입니다

몸은 무엇이더냐
만질 수 있는 마음입니다

옳거니 이젠
몸이 하는 말을 들을 수 있겠구나
그 몸 데리고 남은 생을
천천히 걸어가려무나

무위사*

둘러친 명산도 없구나
청정한 실개천도 없구나

있는 듯 없는 듯 납작 엎드린 절집이여
낮추어 고즈넉한 생이여

아무것도 건네는 게 없어 좋아라

마음 또한 가벼워서 좋아라

무위여,
더할 나위 없는 생이여

* 전남 강진에 있는 절

면벽 1

방 하나를
환하게 비웠습니다
잡동사니들을 보내고 나니
방안 가득
고요가 내려와 쌓입니다
자리 틀고 앉았습니다
오롯하니 이젠 내가
잡동사니 같습니다
작은 사발 하나 소반에 얹어
방 한가운데에 놓았습니다
맑고 향기로운 바람이
사발 안에 다소곳이 담겼다가
나를 다시
고요의 심연으로 데려다줍니다
내 몸도 덩달아
환하게 밝아옵니다

면벽 2

벽을 향해 앉았습니다
벽이여, 문이 되어 열려라
서슬 퍼런 마음의 날을
갈고 또 갈았습니다
갈수록 벽은 더 가파르고
질끈 눈을 감아도
더 우뚝 성성합니다
마음의 날을 세우면 세울수록
벽은 더욱 용솟음쳐 오르다가
이윽고 나를 삼켜버립니다
이제는 벽 안의 내가
벽 밖의 나를 바라봅니다
내가 보이지 않습니다
내가 있던 자리에
텅 빈 고요가
자리 틀고 앉았습니다
그때, 내가 사라졌다고 생각되는 바로 그때
고스란히, 소스라치게
저 깊은 심연에서 떠오르는

내가 보였습니다
아주 낯선 내가
거기 우두커니 앉아 있었습니다

길 위에서

고운사를 갔습니다

길은 하염없이 깊고
나뭇잎들은
절처럼 고왔습니다

이제 막 산문을 나서는
스님의 옷자락이
바람에 스치는 나뭇잎처럼
한들거렸습니다

안거를 끝낸 첫 만행 길
어쩌면 맺혔던 의문이 풀릴 것도 같아

스님, 하고 불렀습니다
스님은 나비처럼 사뿐히 지나칩니다

스님, 다시 불렀습니다
돌아보며 빙그레 웃습니다
〉

스님, 더욱 간절하게 불렀습니다

그냥 가시게
답은 길 위에 있네
여기까지 왔잖은가
그러면 됐지

출가

머리칼은 잘라 뭐 할라꼬
몽땅 내려놓으려고요

무얼
거추장스러운 내 몸이요

그리곤
내가 나라는 이름도요

또
저 풀이며 나무며 돌멩이에 붙인
이름들까지요

그런 다음엔
내 안의 부처를 만나야지요

아서라 그러다가
몹쓸 상 하나 더 얻겠다
〉

무신 상을요

네 안에 부처 있다는 상

목수의 말

어떤 마음으로 왔나요

몸을 만나려고 왔습니다

대팻날을 갈아보세요
날에 얼굴을 비춰 온전히 나올 때까지요

어밋날을 갈았으면 덧날도 그리하세요
다음에는 끌입니다

마음을 온몸에 골고루 펴세요

대패든 끌이든 온몸을 싣는 겁니다

목수는 끝내 수공구의 감각을 잊지 말아야 합니다
기계에 맡길 때도 수공구의 첫 감각을 잊으면 안 됩니다

그 감각을 버리면 목수가 아니지요
그것이 연민이에요
〉

나무에 대한 경이로운 연민

대팻날을 처음 나무 등에 실을 때
살 떨리게 스며드는 그 설렘 말입니다

내 안에 누가

내 안에 또 다른 내가 있다

방문 앞에 서서
문고리를 잡았을 때
열려는 나와 멈추려는 내가
서로 망설이는데
또 다른 내가 방문을 열어젖혔다

조금은 낯선 시간이다

마당을 서성거리는 바람 속으로
내 몸을 밀어 넣는다
순간 바람의 두께가 가파르다
내 안에서 황급히 누가
떠났기 때문이다

내 안에 누가 살고 있었을까
그는 누구였을까
〉

그렇게 묻고 있는 나는 또 누구고
혼자 앉아 또 다른 나를 생각하는, 나는
내 안에 내가 없다고 말하는, 나는

빈방

빈방이다

무엇인가 가볍게 출렁였다 싶었는데
그뿐
내가 보이지 않는다

나는 방에서 자주 나를 잃는다

내가 방으로 들어간 게 아니라
방이 내게 들어왔기 때문이다

방이 착한 손을 내밀어 나를 맞이한 것일까
내가 많이 부드러워졌기 때문일까

분명 무엇이 찾아온 것이다

이젠 나가야지 하는 순간
방도 소리 없이 내 안에서 빠져나갔다

그뿐이다

찰나

그때

폭설이 절벽에 기댄 채 내리고
폭설이 강물에 몸을 던지며 내릴 때
아니, 절벽이 폭설을 배경으로 서고
강물이 폭설을 배경 삼아 흐를 때

누가 앞에 서고
누가 뒤에 흐르는 것이 아니라
앞이 뒤가 되고 뒤가 앞이 되기도 할 때
나 또한 그 경계에 이르러
안팎이 다른 것이 아님을 알게 될 때

그때
산문을 지나 불이문에 막 다다랐을
바로 그때

눈썹 끝에 천근만근의 싸락눈이
사뿐히 내려와 앉더라는 말이다

다른 길

어제의 내가 오늘의 나를 데리고 가듯
지나간 삶이 나를 떠메고 간다
오늘의 나 또한
내일의 나를 부축해 갈 것이다

새로운 것은 없다
모든 길은 옛길이다
누군가 앞서 걸었던 길
내 등에 내가 업혀 가는 길

풍찬노숙의 밤이 눈 앞에 펼쳐지더라도
불쑥 내딛는 발끝에 걸린 어둠을
다 털어내지 못할지라도
때로는 천 길 낭떠러지가
캄캄한 심연을 보이더라도
어제의 내가 오늘의 내가 되는 이 자리가
내일의 내가 도착할 자리다

그렇듯 바로 지금 이 자리를

오롯이 깨어 바라볼 수만 있다면
길은 언제나 옛길이라도
지금은 내가 가는 다른 길이다

화엄

쉐다곤에서 나는 화엄을 보았다

아이들은 아이들대로
어른들은 어른들대로
흑인도 황색인도 백인도 차별 없이
맨발과 맨발이 만나 이루는 장관
쉐다곤의 저 높은 금불상보다도
장엄한 맨발들의 행렬이었다

맨발로 걸어본 사람들은 알 것이다
내 몸이 무엇을 원하는지를
붓다가 왜 맨발로 탁발에 나섰는지를

쉐다곤의 돌계단에 앉아
맨발들의 향연에 내 두 발을 담갔을 때
사람들은 꽃처럼 피어나고 있었다

장엄한 꽃들의 행진
낮게 하염없이 더 낮게 내 몸을 낮추어

그들의 맨발에 입 맞추고 싶었다
맨발이 맨발에 보내는
이 내밀한 기운이
내 몸을 파고들어와 꽃을 피웠다

나는 그때 화엄을 보았다

여래如來

간밤에 여래가 다녀갔다

아침 일찍 창문을 여니
참새며 박새가 어제처럼 찾아들고
해 뜨고 바람 분다
오늘이 어제와 다르지 않고
내일 또한 오늘 같으리라 예감할 때
꽃잎들이 일제히 향기를 베어 물고
떡갈나무 넓은 잎들이 아침 일찍
이슬을 머금을 때
내가 그 앞에서 함초롬히 안개에 젖어 있을 때
바로 그때
여래가 다녀갔음을 알겠다

바람과 함께 찾아와
바람보다 더 낮게 다녀갔음을 알겠다.

생애

꽃이 지니
새잎 난다

초록은 죽어야 단풍이다

길섶으로 밀려났던 풀꽃들아
절벽에서 온몸으로 바람 맞던
나무들아
나를 버려야 다시 사는
덧없는 생들아

져라,
다시 필 것이다

죽어라,
다시 살 것이다

복수초

지난겨울
용맹정진 끝에
사리 한 과 얻었습니다

침묵하는 산

오랫동안
산만 바라보았습니다

산도 자주 내 어깨에 손을 얹었습니다
침묵이 내게 말을 걸어오는 순간입니다

구름 한 점이 이마를 툭 치며 지나갑니다
하늘이 산에게 말을 걸어보는 순간입니다

지느러미 붉은 물고기 하나가
물에 빠진 산 그림자를 뚫고
깊이를 알 수 없는 어둠 속으로
나를 데려갑니다

가슴 밑바닥부터
환하게 밝아옵니다

그 경계에
오랫동안 머물렀습니다

시선

오늘도 담벼락을 뚫고
눈길 머무는 산허리쯤
아찔한 절벽 끝에
길 하나를 걸어둔다

바람도 절벽 끝으로 불고
새들도 절벽 속으로 날아든다
그 길로 나무들이 걸어가고
숲들도 그늘을 펼쳐 든다
눈길이 스치는 곳마다
모두 길이 되는구나

오늘도 참 많이 걸었다
지친 눈길을 접고
마당 한구석
목련꽃 그늘 밑에
잠시 쉰다

그 그늘 속으로 호젓한

누군가의 길 하나가
걸어서 온다

흐른다는 것

무심히 돌담을 바라보았다

무심이라 한 것은 내가 바라보는 곳으로
돌담이 돌연히 나타났기 때문이다
돌담만 있다가 갑자기 울창한 숲이
구름 한 장 간신히 끌어당겨 발목을 덮은 하늘이
쓱 하고 내 눈에 흘러들었다가
하늘을 밀어내고 다시 숲을 지나 돌담으로
돌담이 먼저였고 다음엔 숲이
구름과 하늘은 맨 나중에
내 눈으로 미끄러져 들어온 것이다

내 눈이 스르르 감겼다고 느꼈을 때
몸은 공중으로 날아올랐다
하늘 위를 걷고 있었다
구름 위에 섰다가 갑자기 휘청거렸다
손을 저었더니 바람이 손에 잡혔다
아, 바람도 만질 수 있구나
어둠의 한쪽 모서리를 잡고 흔들었다

켜켜이 쌓였던 세월의 비늘들이 툭 떨어졌다

무슨 일이 있었느냐고
한 번은 눈을 뜨고
한 번은 눈을 잠시 감았을 뿐이다

그 사이, 뜨겁던 여름도 가고
눈이 부신 가을이 왔다
분주한 것은 사람들이고
논의 벼 이삭은 다만
무거운 어깨를 내려놓았을 뿐이고
앞산을 시뻘겋게 물들인 단풍은
그만 뿌리로 돌아가고 싶었을 뿐

세상은 그렇게 미끄러지다가 흐르고
흐르다가 다시 미끄러진다

무릉과 도원 사이
— 오규원 시인을 생각하며

창밖에는 잣나무 한 그루가 서 있다. 가슴이 붉은 딱새도 가지 끝에 앙상하게 붙어 있다. 창문 안에서는 창문 밖을 보는데, 창문 밖의 잣나무와 딱새는 창문 안이 하나도 궁금하지 않다. 궁금해하는 것은 언제나 창문 안이다.

그는 창문 밖, 저 언덕으로 건너갔다. 그를 데려간 것은 조주의 잣나무일까, 가슴이 붉은 딱새일까, 서쪽 하늘에 걸린 저녁놀이었을까.

창문 안에 갇힌 내가 피안彼岸으로 가는 길을 묻는다.
그가 무릉武陵에 앉아 도원桃源의 안부를 물었듯이.

그는 무릉에서만 살았다. 무릉으로 들어서기 전 왼편으로 꺾어지면 도원으로 가는 길이 보인다. 도원은 무릉에서 고개 하나 너머에 있다. 그는 왜 도원에 들지 않고 무릉에서만 머물렀을까. 한나절이면 닿는 도원을 끝내 뿌리치고.

그는 무릉과 도원 사이에서 조주의 잣나무처럼 오규원의 잣나무로만 서 있었다. 그가 그리워한 것은 언제나 새와 나무와 새똥 그리고 돌멩이뿐이었다.

시인과 절벽

왜 자장은 강원도 산골에서 세상을 떴을까?
입적지入寂地 미상의 의상도
강원도 산골의 행려병자가 아니었을까,
이곳 어디쯤에서?
……
몰운대는 꽃가루 하나가 강물 위에 떨어지는 소리가
엿보이는 그런 조용한 절벽이었습니다.*

시인은 왜 몰운대에 와서 자장과 의상의 죽음을 궁금해했을까?
자장은 몰운대에서 멀지 않은 적조암에서 피안으로 건넜다지만
의상은 왜 이곳 어디쯤에서 생을 마감했을 거라 믿었을까?

이곳 어디쯤은 정선의 비봉산이 곧추세운 절벽
의상대를 염두에 두고 한 말이었을까?

몰운대와 의상대는 피안으로 건너가는 어디쯤일까?

목숨 걸고 한 발을 불쑥 내밀어야 비로소 도달하는 깨달음의 극지일까?

왜 시인은 절벽 끝에 앉아 두 고승의 죽음을 떠올렸을까?

정선은 찾아드는 사람들이 한결같이
이제 다 왔다고 신음처럼 내뱉을 수밖에 없는
절벽인지도 모른다.
더 가야 할 곳 없는
한 발 내디딜 곳조차 없는 그런.

* 황동규 시인의 「몰운대행」 일부 발췌

그럴 나이다

귀가 온순해지는 나이가 되면
눈은 자꾸 산으로 간다

먼 지평선 끝에 눈길이 자주 머물 듯
아직 도착하지 못한 산 너머로
다시 닿을 수 없는
당신의 어깨너머까지

그리움을 붙들고 내 몸은 가고 싶은 것이다

안녕하신가 그대
헐거워진 몸피로 저녁노을에 기댄 당신

우리들의 하느님

권정생 선생의
『우리들의 하느님』을 읽었습니다

하느님이
지으신 글이었습니다
하느님이
이리 가까운 곳에 계셨습니다

그것도 모르고 살았습니다

내 안의 인디언

인디언들의 어록을 읽는다
구구절절 영성靈性으로 가득하다

그동안 나는 너무 방자했구나

이마를 땅에 대고 매일 절한다
뒷산 나무들도 흡족한 모양이시다

오지奧地

이 깊은 산중에 어찌 삽니까
하는 물음은

그러는 그대는 어찌 예까지 왔소
하는 대답에 막힌다

윤회

도대체 한 생으로 부족한 삶이 있단 말인가

3부

손가락 끝에 달빛

한정록 1

산 안에서 편지가 왔습니다.

올봄에도 꽃들의 대궐이다. 한번 와서 머리를 디밀어봐라.

임자 없는 꽃들이 지천으로 피었다가 지는 곳으로 한번 다녀가면 어떠냐고 산 안에서 소식이 왔습니다.

사람들이 꽃 이름을 알아가면서, 나무 이름들을 되뇌면서부터 종적을 감추는 풀뿌리들이 많아졌다는 한숨 소리가 손끝에 묻어납니다. 아무래도 심사가 썩 뒤틀렸나 봅니다.

이웃집 아이들의 이름조차 모르고도 잘 살면서, 꽃들의 이름은 꼭 알아야 한다고 식물도감까지 들고 다니며 꺾고 캐고 방정을 떤다나요. 이젠 치민 부아가 콧김까지 섞여서 내 이마까지 올라옵니다. 금방이라도 달려나올 기세입니다.

아무래도 한번 다녀와야겠습니다.

가서 꽃들의 상처까지 동여매주고 와야겠습니다.

한정록 2

몸으로 밀고 나가자 한 지 여러 해가 지났습니다

논과 밭이 날마다 나를 기다립니다
처음엔 논밭 두렁을 내가 그리워했고 지금은 그들이 나를 더 반깁니다

새벽마다 길섶 이슬에 젖은 발을 아직 덜 깬 어둠과 함께 털어내면
맨발이 흙에 닿을 때마다 잠들었던 감각들이 살아나 해묵은 생각들을 씻어줍니다

생각이 미처 닿지 못했던 지점을 내 몸이 이제 막 통과하는 중입니다

지나가는 바람의 갈피에도 손을 넣어보면서
내 몸이 한 폭의 풍경으로 설 날을 기다립니다.

한정록 3

친구여,

농사꾼으로 편입된 지 여러 해가 되었네. 논밭 두렁을 합해 얼추 자급자족의 꿈은 이루었지. 작물의 종류가 늘어날수록 시장에 나갈 일도 줄어들고 더 깊숙이 이곳에 머물 수가 있다네.

평생을 논밭 두렁에서 보낸 어르신들의 농사는 경건 그 자체일세. 그분들의 지혜는 차라리 몇 권의 경전보다 깊고 높다네. 어디에 서 있거나 그대로 한 그루의 나무처럼 자연스럽네.

인생의 후반은 몸으로 살아보려네. 몸을 쓰지 않으면 생각만 너무 웃자라기 때문이지. 책상에 앉아 머리만 쥐어뜯던 먹물의 시대를 접고 몸으로 느끼고 생각하는 삶으로 나아가고 싶은 것이라네.

생각이 근육에 섞이는 삶을 이제야 비로소 알 것 같네. 몸이 느끼고, 생각하는 것을 지나 몸이 스스로 깨닫는 곳까지 가볼 작정이네.

〉

내 몸이 시가 되는 순간을 지나, 삶이 그냥 시가 될 때까지 말일세.

정선 타령

마당가에 난 풀을 뽑을 때마다
아내는 자꾸만 속았다고 합니다.

차를 타고도 한참을 달려야 담배도 사고, 잡기장이니, 콩나물이니 하는 것도 구경할 수 있으니, 뭐 그럴 수도 있겠거니 했지요.

그런데 그게 아니랍니다. 툇마루에 턱 하니 장자莊子풍으로 누워 담배나 연실 꼬시르다가 야아, 그 꽃 차암 곱다 조거이 다 야생화지 하면서 마당에 난 풀꽃들의 향기나 맡으려고 코를 벌름대는 내가 정말이지

웃기고 자빠졌다 뭐
그런 얘기겠지요.

내 몸이 시가 되는 순간 1

사람과 사람 사이를 빠져나와 첩첩산중에서 고요한 칩거를 시작했을 때, 시와의 관계까지 청산하게 되리라고는 생각지 못했습니다.

시를 쓰지 않고도 배겨낼 수 있는 삶이 있다는 것을 눈치챈 것은 숲속을 오랫동안 거닐면서였습니다. 이때부터 몸이, 이 덩그런 육체가, 내딛는 발걸음이 모두 다 시가 된다는 사실을 알았습니다.

이곳에서는 모든 것이 살아 있습니다. 밭 가운데 박혀 땡볕에 소스라치는 돌멩이 하나도 머금었던 물기를 풀포기에 나누어줍니다. 절망까지도 펄펄 살아서 생과 팽팽한 긴장의 끈을 늦추지 않습니다.

저 산들과 분리되지 않는 생이 있다는 걸 알아가면서
내 몸도 시가 되었습니다.

내 몸이 시가 되는 순간 2

혼자서도 오랫동안 머물 수 있는 삶이 찾아왔습니다.
누구의 간섭도 없이 산에 들고, 강둑의 바람을 맞습니다.

마루에 앉아 왼종일 산만 바라볼 수도 있습니다. 그러면 산은 흔쾌히 나를 통과해 갑니다. 나를 지나 마당 가운데에서 오랫동안 서성거리기도 하고, 방문 위에 다소곳이 머물기도 합니다. 산뿐만 아니라, 들판의 꽃들이나 나무들, 풀숲을 건너는 벌레들의 웅성거림조차 헤엄치듯 나를 통과해 갑니다.

실개천이 흐르고, 큰 강물도 도저하게 굽이치고, 숲들도 팽팽한 긴장을 펼쳐 보이면서 내 안을 건너고, 작고 앙증맞은 풀꽃들도 따라 흘러갑니다.

이젠 꽃들이 머물렀던 자리가, 나비들이 다녀간 자리가 보입니다. 문득 벗들이 찾아오면 그 자리에 한번 앉아볼 생각입니다.

내 몸은 시방 공중부양 중입니다.

내 몸이 시가 되는 순간 3

한 폭의 풍경으로 머물고 싶을 때

숲으로 걸어가 새처럼 앉아 있었다

논두렁에 앉아 가뭇가뭇 졸고 있었다

손가락 끝에 달빛

그래 거기다. 아니 그쪽이 아니고 그 아래, 찔레꽃 가시 덤불 아래, 조금 더 내려가야지. 그래, 그쪽 끝을 따라 한참 내려가야지. 이젠 덤불일랑 어여 버려버리고 저어기 칡 넝쿨이 가파르게 오르는 게 보이지 않냐. 그 너머 아 글씨, 그기 안 보이면 어쩐다냐. 이 손가락 끝을 보지 말고 저 산 밑을 보라니께 자꾸 그런다.

내가 우습냐. 가보지도 않은 너를 보고 자꾸 거기라고 말해봐야, 손가락으로 짚어줘봐야, 니가 어찌 알겠냐만. 내 할머니도 내게 그리 일렀느니라. 할미 손가락만 보지 말고 저 푸른 달빛을 보라고. 참으로 답답하지. 그런다고 손모가지를 댕강 잘라버릴 수도 없고, 어쩐다냐.

이젠 고마 니 혼자 가그라. 자빠지고 엎어지고 꼬꾸라지다보면 니도 모르는 사이에 거기 닿아 있을끼다. 아무렴 내도 그랬으니까. 내 할머니도 나를 거기로 보낼 때 똑 그리 하셨으니까. 내도 그게 쉽지 않더구나. 할머니 손가락만 자꾸 눈앞에 어른거리는데, 도무지 놓아버릴 수 없더구나. 할머니는 자꾸 손가락을 놓아라, 놓아라, 하셨지만. 그럴수록 손가락이 자꾸 커지기만 하더구나.

그래 어쩌겠냐. 눈을 질끈 감아버리고 뒹굴며 갔지. 자빠지고 엎어지고 달부 매련이 없었단다. 그런데 말이다. 아무것도 보지 않으려니까 오히려 빛이 보이더구나. 내 할머니 손가락 위로 둥근 달덩이가 솟아오르는데 황홀하고 신기하기만 했단다. 세상에 화투짝의 팔광 같은 달덩어리 말이다.

그쯤에서 감았던 눈을 떴잖냐. 내 할머니가 저만치서 맨 잇몸을 드러내곤 실실 웃고만 계시더구나. 할무이요. 저 달, 하는데 웬걸 달도 손가락도 사라지고 없지 않았겠냐. 그 순간 마음도 몸도 깃털처럼 가볍기만 하더구나.

디딜방아에 대한 추억

자알 꾸느러라. 할미 발 잘 보구서. 옳지 잘 헌다. 이렇게요, 할무니. 그려 그려 우리 손주 잘 헌다.

할머니의 옆구리에 매달린 채 방아다리를 딛고 하늘로 올랐습니다. 할머니의 추임새가 방아다리를 타고 저만치 하늘로 나를 띄워 보냅니다.

걸음마를 아직 못 할 때는 할머니 등에 업혔었지요. 그때, 할머니가 디딜방아를 혼자 찧고 있었을 때, 방아확에 엎드리어 싸래기를 마저 훑어낼 때, 다시 고여놓은 막대기를 치우고 있는 힘을 다해 방아를 디딜 때도 할머니 등에는 어김없이 내가 엎드려 있었습니다.

조금 자라서는 할머니 옆에 나란히 섰지요. 디딜방아의 무게를 할머니는 어린 손자와 나누어 가진 거랍니다. 그땐 몰랐어요. 힘들다고, 아이들과 노는 시간을 빼앗겼다고 낙타 등 같았던 할머니 허리를 두드리며 앙탈을 부리곤 했거든요. 나이가 들어서야 알았지요. 방아의 무게와 할머니의 무게 사이에서 균형을 잡아주던 추가 어린 나였던 거라는 걸. 그때를 떠올릴 때마다 마음이 아립니다.

옳거니, 잘 헌다. 오르니 좋으냐. 내려갈 때도 깊이 밟아야 해. 이렇게요, 할무니. 그려 그려. 땅이 꺼지도록 밟아라.

소

소는 참으로 영물이다.

밭을 갈려면 멍에를 얹고 보습이 시퍼런 보구래를 달아야 하지. 고삐를 바투 잡는 순간 소는 주인의 공력을 가늠한단다. 고삐의 당김이 몸에 알맞게 실리는지를 귀신처럼 느낀단다.

이랴하는 소리에 맞춰 소는 어깨를 툭 쳐보고 바로 알아채지. 보습이 정확한 깊이에 박혔는지를 말이다. 너무 깊으면 나아가지 않고 딴전을 피고, 너무 얕으면 줄행랑을 놓는단다.

주인의 쟁기질 솜씨는 흙의 성깔을 순간순간 알아채고 보습의 깊이를 알맞게 조절하는 거에 달렸지.

밭의 흙이 어디 고르기만 하더냐. 진흙이다가 모래밭이다가 흙보다 많은 돌밭은 또 어떻고. 순간순간 보습의 깊이를 조절해야 하는 거야. 그건 궁리로 아는 게 아니라 몸이 스스로 깨치는 거란다.

소가 어깨 한 번 툭 쳐보고 주인의 공력을 가늠하는 것이나, 주인이 보습의 깊이와 고삐의 완급을 순간순간 조절하는 것도 몸이 먼저 알아채는 것이다.

〉

몸은 그렇게 생각이 미처 다다르지 못한 곳에 먼저 가 있는 거란다.

아버지와 아들

노인 요양 병원엘 갔었습니다.

팔십도 훨씬 넘었을 아버지 곁에 육십은 훨씬 넘어 보이는 아들이 나란히 앉아 노래를 부르고 있었습니다.

백-마는 가자-아 우울-고, 나-른 저-무-러, 아들은 발로 박자를 맞춰가며 커다란 노래책을 아버지 눈앞에 펼쳐 듭니다. 아버지의 입술이 조금씩 따라 움직입니다. 지팡이를 감아쥔 손가락도 가늘게 박자를 따라갑니다.

천둥-사-안 박-달재를, 울고 넘-는 우-리 님아. 아들은 갑자기 다음 페이지로 책장을 넘깁니다. 홍도-야 우지 마-라 옵-바가 하더니 다시 또 넘깁니다. 눈가가 아련히 젖어옵니다.

노래마다 왜 그토록 많은 슬픔과 눈물이 달라붙어 있는지요. 자꾸 책장을 넘깁니다. 아버지는 아직도 아-내-에 나갈 길-을, 너-는 지-켜-라 하며, 아들을 조릅니다. 아들은 아내라는 소리가 자꾸만 아들로 들리는 모양입니다. 젖은 눈으로 아버지를 바라봅니다. 마치 아버지가 아들을 바라보는 눈길입니다.

아버지에게 치매기가 생겼어요. 평소에 좋아하시는 노래라도 같이 부르면 나을까 싶어 시작했지요. 아버지도 내 어릴 적 많은 노래를 가르쳐주셨거든요.

푸-른 하-늘 은-하수 하-얀 쪽-배에, 아버지의 두 눈이 젖어옵니다. 화장실로 가는 아버지를 아들이 따라갑니다. 아버지가 아들처럼 걸어갑니다. 돛-대도 아니 달-고, 삿-대도 없-이, 가-기도 자알-도 간-다, --- 자알-도 간-다. 간-다. 아버지의 기억은 여기에서 멈췄습니다. 서-쪽 나-라-로. 아들이 거들어줍니다.

아버지와 아들이 함께 가는 길입니다.

우리들의 인디언

고마우이, 자네들이 참으로 고맙네.

지난 비에 뒷담이 우르르 무너졌습니다. 차일피일 미루다가 아내와 진종일 토담을 다시 쌓았습니다. 아내가 흙을 뭉쳐 올리면 내가 받아 채우고, 돌을 얹는 작업이었지요. 종일 씨름하고서야 얼추 옛 모습을 찾았습니다.

그런데 그 고친 담장을 보고는 지나던 어르신들이 연신 이러는 겁니다. 고마우이, 자네들이 참으로 고맙네. 오래전 내 생가를 처음 수리했을 때도 지나가던 어르신들이 한결같이, 아유 고마운 기, 이리 고마울 수가, 하면서 내 손을 꼭 잡아주고는 했었지요.

그때에도 참 이상한 말씀이다 했습니다. 내 집을 내가 고친 게, 왜 동네 어르신들이 고마워할 일인가 하구요.

의아해하는 내가 딱해 보였는지, 어르신께서는 이렇게 덧붙이는 겁니다. 그까이꺼 그냥 확 밀어버리고 좋은 벽돌담으로 고칠 수도 있었을 텐데, 예전 할아버지가 쌓았던 담을, 자네 부부가 손수 고치니 얼마나 고마운 일인가. 집도 그렇지, 낡은 집 싹 밀어내고 새로 지을 수도 있었을 터인데. 자네로부터 삼대가 살던 집이라 고쳐 쓰겠다는 마음이 얼마나 갸륵한 일인가. 마치 우리가 대접받는 기분이란 말이네.

고맙지. 암, 고맙다마다. 흡족한 듯 담벼락을 어루만지곤 했습니다.

그때야 알았습니다. 이 집은 내 집만이 아니라 동네 어르신들 모두의 집이로구나. 그분들의 추억이 고스란히 담겨 있는 집이라는 걸 말입니다.

인디언들의 이야기를 읽을 때마다 나는 우리 동네 어르신들을 떠올립니다.

마음이 따뜻해집니다.

무너진 허리

내 허리는 그때 무너졌어. 생선 장수라고 하지만 이런 산골서 어찌 생선을 찾겠는가. 소금을 덕지덕지 처바른 자반이 전부였지. 다들 돈이 어디 있었겠는가. 곡식과 맞바꿨어. 그러니 팔면 팔수록 돈 대신 받은 곡식이 점점 무거워지잖어. 머리에 이고 가는데 허리가 자꾸만 접히는 거여.

애들 과자 사줄 돈 애낀다고 때를 거르지 않았더라면 덜했을까나. 아니지, 애들이 눈에 자꾸 밟히는데 어찌 혼자 먹는 국밥이 목구멍을 넘어가겠는가.

아주머니는 지팡이로 논두렁 흙을 득득 긁으며 눈시울을 적십니다. 논두렁 흙이 후르륵 미끄러져 내렸습니다. 내 허리가 꼭 이 논두렁 같은 기라. 아니지, 논두렁이야 따순 봄날 처바르면 되지만. 무너진 내 허리를 다시 붙들어 맬 수는 없잖여.

그렇다고 후회하는 건 아니야. 복대하고 지팡이를 짚어도 이만큼 걷는 게 어딘가. 그 덕에 애들도 대처 나가 까막눈도 면하고 돈벌이도 하는 게 아니겠어. 옆집 할망구는 똥오줌을 받아내는데. 그나저나 아직도 다 큰 애들이 자꾸만 눈에 밟히는 건 어떡해. 손주들 키우느라 안팎이 벌어도 모자란다는데. 굶지는 말아야 할 낀데. 아그들이.

나야 노는 땅뙈기라도 빌려서 아무거나 꽂으면 배는 곯지 않잖아. 올봄에도 남의 집 논두렁이라도 빌려서 콩이라도 심어야겠어. 놀면 뭘 해. 죽으면 흙덩이가 될 몸뚱이가 아니겠어. 아이고야, 시방 내가 뭔 소리를 씹어대고 있당가. 기냥 흘려듣게나. 담아두지는 말고. 그려도 들어주니 고맙기는 하구먼.

나 이제 갈라네. 무슨 일이든 쉬엄쉬엄하시게. 허리는 누가 대신 잡아주는 게 아니더라고

우리들의 어머니

오늘도 영하 20도의 혹한이 밀려 왔습니다. 기름보일러가 덜컹하고 돌아갈 때마다 가슴이 철렁 내려앉습니다. 벌써 두 드럼째 기름을 넣었습니다. 천정같이 오르는 기름값이 자꾸 명치에 걸려 속이 답답합니다. 전기장판의 온도가 감기 끝에 남은 미열 같습니다. 그 속에 몸을 구겨 넣고 새우잠을 잡니다.

객지에 나가 사는 아이들이 드문드문 전화로 안부를 묻습니다. 혹여 부담될까봐 방이 아주 따뜻하다고 둘러댑니다. 이불로 온몸을 감쌌습니다. 허리도 무릎도 관절마다 비명을 지릅니다. 낮엔 읍에 나가 주사라도 맞아야겠습니다. 그래야 내년에도 밭고랑에 엎드릴 수 있을 테니까요.

논은 남을 줘버렸지만 밭은 끝까지 맡아 지을 생각입니다. 강냉이, 들깨, 감자, 고구마에다 김장할 무 배추까지는 심어야지요. 아이들이 오면 바리바리 싸서 줘야 맘이 놓이지요. 눈을 감을 때까지는 관절이 무너져도 해야 해요. 아이들에게 아무것도 줄 게 없다면 그건 죽음이지요. 오늘도 맘을 독하게 먹고 잠자리에 듭니다. 손주들이 춥지 말아야 하는데 우라지게도 뭔 날씨가 이리도 춥대요.

〉

덜컹하고 보일러가 돌아가는 소리가 또 들립니다. 가슴이 또 내려앉습니다. 소리 안 나는 보일러면 얼마나 좋을까. 전기장판 온도는 더 올리면 안 되는데. 기름값이나 전기세나 무섭기는 마찬가진데. 보일러도, 전기장판도, 벌렁거리는 가슴까지 아예 꺼버리고 싶은 밤입니다.

농사꾼이란 말이여

요즘 농사꾼은 농사꾼도 아녀. 돈만 가지구 농살 질라구 해. 고랭지 채소라는 거, 그거 투기여. 돈으로 사람 부리고, 비료 치고, 농약 쳐. 몇 년 망치고도 한 번만 잡으면 된다는 건데. 그게 투기지 뭐여.

요즘 젊은 사람덜 진짜로 농살 몰러. 책만 보고 비료만 치면 다 되는 줄 아는데. 어림두 없어. 지들이 쟁기질을 알어, 뭘 알어. 우리덜 말은 들을려구도 안 해. 농사란 게 다 순린데 말이여.

아, 이젠 씨앗 종자도 다 수입이잖어. 돈이면 단가. 아, 농사꾼은 씨앗을 베고 죽는다잖어. 근데 이젠 토종이 없어. 그저 편하니까 수입해 쓰자 이러는데 그러다 쟈들이 안 주면 그땐 우쩔거여. 예전엔 안 그랬어. 씨앗보다 중한 기 또 어디 있다고.

그러구 말이여 예전엔 품앗이로 돈 없어도 농살 지었잖어. 시방은 몽땅 돈이여. 우린 옛날에 밀가루 반 포 값 받구두 일했는데 이젠 다섯 포 값을 줘도 일 안해.

물론 나두 알지. 세상이 변했다는 거. 아무리 그래도 변하지 말어야 하는 경우가 있는 거여. 농사는 내 몸이 흙과 하나다 생각하고, 빼먹을려구만 말고 잘 보살피고 받들어야 진짜 농사꾼이란 말이여.

외로움에 관하여

어느 독서회에 들렀습니다. 누군가가 얘기 끝에 언제 가장 외로웠느냐고 묻습디다. 참 난감하더군요.

산골에 살다보니, 적적함을 염려해주는 위로는 더러 받지만 이런 경우는 처음이거든요. 그런데 묻는 얼굴이 하도 진지해 보이기에 불쑥 떠오르는 얘기를 하게 되었습니다.

오래된 얘깁니다. 초등학교 가기 전부터 아우라지 뗏목 위에서 놀았지요. 뗏목을 엮기 전의 둥근 나무는 물에서 아무리 잡으려 해도 빙글빙글 돌기만 합니다. 팔이 짧았으니까요. 연신 물속에 강중백이를 치고, 신대로 물을 들이켜면서 헤엄을 배웠지요.

어느 정도 실력이 붙었다 싶으면 배 밑창을 빠져나가는 잠수 시합을 합니다. 사람을 실어 나르는 배는 폭이 좁으니 해볼 만했지요. 그러나 헤엄의 성인식이라 할 수 있는 찻배 빠져나가기는 만만치가 않았습니다. 찻배는 버스나 트럭을 실어 나르는 배라서 그 폭이 상당했거든요. 초등학교 일 학년짜리니 얼마나 길어 보였겠어요. 더군다나 어른들의 말씀이 큰 배 밑바닥에는 부력이라는 놈이 살고 있어서 몸이 배 밑창에 철썩 붙으면 꼼짝없이 죽는다고 겁을 잔뜩 줬거든요. 선배들은 그럴 때를 대비해서 무거운 돌멩이를 들고 빠져나가면 된다고 안심을 시켰습니다.

머리통보다 큰 돌멩이를 하나씩 들고 개구리처럼 다리만 버둥거리며 물 밑바닥을 거의 뛰다시피 건널 때, 그 아득하기만 했던 배 밑창에서 나는 참 외로웠습니다.

침묵이 한참 동안 사람들 사이에 머물렀습니다. 그때 누군가가 나지막이 속삭였습니다.

우리도 이 지구에서 쫓겨나지 않으려면 맨땅에서도 제 무게에 걸맞은 돌멩이 하나씩은 필요한걸요.

논물

어쩐다냐
논을 말려야 쓰는디
꿈속에서라도 한 번은 꼭 말려야 하는디
저놈의 비는 오랄 적에는 안 오드만
육실하게도 온다야
말려야 한다니께 반다시 말려야 혀
그래야 장마에도 바람에도
벼포기가 자빠지지 않어야
그래야 이 많은 식구덜 목구녕에 넘길 게 있지야
이제 어쩐다냐
저 많은 벼포기를 붙잡고 잠들 순 없잖여
저것들을 껴안고 살 수는 없잖여
시방 내가 저 논물 다 마셔뿔 수도 없고
할머니의 한숨이 물꼬를 따라 흘러갑니다
비는 주야장천 쏟아붓고요
하늘도 참 무심하지요
논물이 미처 마르기도 전에
할머니 가슴이 먼저
다 타버릴 것 같습니다

말려야 할 것이 어디 눈물뿐이겠어요
우리들의 젖은 생애 또한 그러하지요
이때까지 들이마신 설움은 또 어떻고요

세상이 다 뭐요

당신들이 말하는 세상을
내가 어찌 알겠소
암것도 몰라요
그 세상이라는 것이 언제
나 같은 무지렁이에게
눈길 한 번 줘봤소
그래놓고 이제 와
세상을 살리는 데 함께하자고 성화니
내가 어찌하면 좋겠소
지금 심으려고 내놓은 고추 모도
볏모도 내버리고 달려가자고요
물도 주지 말고 따라오라고요
다 함께 잘 사는 길이라고요
고추 모, 볏모 타죽는 건 내버려두고요
그렇게는 못 해요
저것들은 자식보다 중한 내 목숨줄이오
나는 당최 모르겠소
그 세상이라는 거가
가뭄에 타들어가는 밭고랑에

물 한 바가지 퍼다 주기를 했소
홍수에 자빠지는 벼포기를
날과 같이 붙잡아주기를 했소
그래놓고도 목구멍으로
낟알이 넘어간다 말요
대체 뭐가 급하다요.
난 세상을 건지는 것보다
발밑에서 죽어가는 모종을
살리는 게 먼저요
목구멍에 넘길 게 있어야지
나라도 있고 세상도 있는 거 아니겠소
내 죽어라 하고 저것들 키워
배는 곯지 않게 해줄 거니
세상은 당신네가 구해주면 안 되겠소
당신들이 원하는 세상이 뭔지 잘 모르겠소만
목구멍에 넘길 낟알 키우는
우리네 논밭 두렁도 세상이 아니겠소

정선으로 가는 길

고속도로를 벗어던지고
숙암 계곡의 철쭉 그늘에 고요히 안기든가
비행기재 터널을 가물가물 통과하든가
저 너른 동강에 온몸을 던지든가
백두대간의 어깨 위로 맨머리를 쑤셔 박든가
두문동 은둔지로 꼬리를 감추든가
아무튼 모든 길은
하늘로 오르다가 이윽고
깊이를 알 수 없는 심연으로 곤두박질친다.
우두커니 서 있다가
호주머니에서 손을 빼지도 못한 채
물밑 바닥에 얼굴을 처박는 낭패처럼
정선은 우리를 송두리째 몰수한다.
눈을 뜬 채로
어디쯤 어디쯤 하다가
얼마만큼 얼마만큼 하다가
과연 되돌아갈 수는 있을까 하는 자리에서
불쑥 내미는 저 수상한 손을 덥석 붙잡는 순간
어허, 저것이 무엇인가.

부드럽게도, 살갑게도, 슬프게도, 눈물겹게도
몸은 허공중에 두둥실 떠올랐다.
발목에는 아주 부드러운 옥양목 빨래 같은
바람이 휘영청 감겼다.
마침내 도착했다. 하는 순간
생애를 다 바쳐도 모자랄 여정이
다시 시작되었다.

정선으로 가는 길이다.

시인 이상국

늦은 밤, 속초 바다에서 전화가 왔습니다
시집을 보내려는데 주소를 모르겠다고
만해 마을 좌장 자리도 내려놓았고
이젠 백수지 뭐, 하는 낮은 목소리가
이젠 시인이지 뭐, 하는 소리로 들려왔습니다

문단 구석 아무 곳에나 이름 석 자 걸쳐놓으면 안 되겠냐고
주소 찾는 번거로움을 좀 덜어달라는 핀잔까지 섞어서
과장 없는 목소리를 들려줬습니다
아바이 마을로 가는 뱃머리처럼 가슴 한쪽이 아련하게 흔들렸습니다.

강원도 깊은 산자락에서
세상 밖에 두고 온 지문들을 지우는 중이라고
말하려다가 그만두었습니다

그가 걸어온 시의 길을
오래도록 바라보며 살았습니다

이젠 그의 몸이 그의 말이
그대로 시가 되는 경계에 이르렀습니다
나는 그의 생이 청초호에 담긴 달빛처럼
언제나 은은하게 흐르리라 믿습니다

강선리와 미시령 사이 어디쯤을 지날 때는
그의 몸이 그대로 한 폭의 풍경이 될 것입니다
그가 뱉는 말들은 모두
밝은 달무리에 휘영청 걸렸다가
오래도록 혼자인 사람들의 가슴에
비처럼 뿌려질 것입니다

어떤 죽음

한 젊은이가 너무 빨리 세상을 건너갔습니다.

니가 절을 해야지, 왜 내가 니한테 절을 해야 허냐. 이놈아,
날 두고 니가 왜 세상을 먼저 버리는 거여.

그의 모친이 노젯상 앞에서 넋을 놓아버립니다.

아비에게 잘못 있으면 아비를 잡아가시고,
어미에게 잘못 있으면 어미를 잡아가실 일이지.
어찌 생때같은 아들을 먼저 데리고 갑니까. 왜요.

골목길 하나 가득 흐느낌과 침묵이 엉켜서 한껏 부풀어 올랐습니다.
이제 막 서른 살, 혼례 치른 지 겨우 한 달.
남겨진 새색시와 부모와 가족들의,
골목길 가득한 마을 사람들의 억장이 차례로 무너져 내렸습니다.

하늘은 어찌 저리 맑던가요.

티 없이 푸른 하늘 땜에 또 다들 울었습니다.

젊은 아들을 태운 운구차가 길모퉁이를 돌아 나갈 때까지 사람들은 골목길 담벼락에 흑백사진처럼 얼어붙어 있었습니다.

모과와 진딧물과 나

마당에 10년은 족히 넘은 모과나무 한 그루가 있습니다.

봄마다 연분홍 꽃이 아무리 찬란해도 모과는 겨우 두서너 개일 뿐입니다. 꽃의 진기를 몽땅 빨아먹는 진딧물 때문입니다. 꽃이 만개하면 개미들이 줄을 잇습니다. 진딧물을 꽃까지 옮겨주고 개미는 진딧물의 분비물을 먹고 삽니다.

모과를 지키려면 개미들의 출입을 막아야 합니다. 농약 대신 테이프를 뒤집어 감아놓습니다. 헤아리기조차 힘든 개미들의 죽음을 봅니다.

이 무참한 살육에 진저리가 처집니다. 개미는 누구 때문에 죽어야 하나. 모과냐, 진딧물이냐, 아니면 나냐.

갑자기 모과나무는 왜 심었나 하는 생각에 심란하기만 합니다.

모과와 개미와 진딧물과 내가 함께하는 시골살입니다. 이런저런 가슴 저미는 일들마저 없다면 삶이 얼마나 적막했을까요.

해설

노장과 불교 철학을 통한 깨달음의 깊이
— 신승근 『나무의 목숨』의 시세계

박호영(시인/문학평론가)

1. 노장과 불교에 대한 은자(隱者)의 관심

신승근 시인의 다섯 번째 시집 『나무의 목숨』에는 노장이나 불교의 철학을 엿볼 수 있는 시들이 많다. 그의 이러한 특징은 사실 새삼스러운 것은 아니고 두 번째 시집인 『그리운 풀들』(1988)부터 감지된 것이다. 시인은 그 시집에서 「장자의 나비」 「장자의 새」 「화두」 「심우」 같은 시들을 선보이고 있는데, 그 제목만 보더라도 우리는 시인의 관심이 어디에 있는지를 쉽게 가늠할 수 있다. 그가 어떤 계기로 노장이나 불교에 관심을 기울였는가는 확실히 모른다. 그러나 "나는 어릴 때부터 '드러냄'보다는 '스며듬'을 좋아했다"는 그의 첫 시집 후기의 언급이나, "자신을 방기(放棄)하면서, 남들 앞에 나서기보다는 처박히기를 좋아했다"는 은자(隱者)의 기질이 자연스레 그를 노장이

나 불교의 세계로 이끈 것이 아닌가 싶다. 그는 그 이후부터 더욱 많은 시들에서 이러한 특징을 보였는데, 이번 시집은 그 집적이라 볼 수 있다. 이제 그들의 의경(意境)을 몇 가지 큰 틀에서 살펴보기로 한다.

2. 자연 귀의 또는 물아일체의 지향

그의 시에서 우선 눈여겨보게 되는 것은 자연에 대한 태도이다. 그는 자연을 유정물로 생각하고 자신도 자연의 일부라고 생각한다. 그에 의하면 고향의 자연은 '내 영혼이 머물러 있는 자리'이다. 그 속에 있으면 영혼이 따뜻하다고 한다. 또한 자연은 '감성의 단초를 마련하는 질감'으로 시적 정서의 절대적인 원천이다. 직장 관계로 고향 정선을 떠나 있을 때에도 마음은 항상 산자수려한 고향을 향하고 있었다. 결국 그는 지천명에 이르러 집으로 가는 길, 귀향을 택한다. 당시의 심정은 세 번째 시집 『언젠가는 저 산에 문을 열고』(2001) '자서'에 서술되어 있다. "고향이 제 모습을 잃기 전에 귀향하여 강물도 잠든다는 시간쯤에 아내와 고샅길도 걸어보고, 천천히 흘러가는 햇살 속에 느릿느릿 눈썹도 태워봐야겠다"는 것이 그것이다. 자연을 사랑하고, 자연 속에 묻히려는 철저한 자연인의 면모를 그의 언급에서 보게 된다. 천석고황에 가까운 그의 자연애(自然愛)는 이번 시집의 표제작인 「나무의 목숨 1」에 여실히 나타난다.

첫눈 내리고도 한참을 지나서야
난로에 장작을 넣었습니다
올겨울에도 세상을 마저 건너갈
나무들이 많을 테지요

죽은 나무인데 어떠냐며
아무렇지도 않게들 도끼를 들이밉니다만
나는 아직도 나무들의 생애를
잘 모르겠습니다
저렇듯 폭발하는 영혼에게
제 몸을 헐어 다른 생을 돕는 목숨에게
어찌 죽음을 얹을 수 있겠는지요
죽음이 저토록 가열할 수 있겠는지요

굴뚝을 빠져나온 나무의 한 생애가
헐거운 육신을 벗어놓고
자기들 숲으로 되돌아갑니다
벗어던진 육체는 남아서
끝끝내 내 혼을 달구고 있습니다

한 생애가 또 다른 생에게
목숨을 건네는 순간입니다.
—「나무의 목숨 1」 전문

사실 나무의 생리를 보면 나무는 생명을 유지하려고 온갖 노력을 다한다. 어떻게 해서든지 햇빛을 받으려고 그쪽을 향해 가지를 뻗고, 조금이라도 더 물을 빨아들이려고 뿌리를 땅 밑으로 깊게 내린다. 나무는 그러한 노력을 통해 생존하는 것이다. 그러므로 나무가 어찌 목숨을 지니지 않았다고 할 수 있겠는가. 목숨도 있고, 영혼도 있다. 목숨을 지닌 존재인 한, 나무도 생명체로서 다루어져야 하며, 차별을 받아서는 안 된다는 것이 그의 생각이다. 더구나 시의 내용을 보면 나무는 자기 몸을 헐어 추위로부터 다른 생을 도왔다. 그렇지만 사람들은 죽은 나무라고 하며 도끼를 들이밀고, 장작이 된 나무들은 난로 속에서 태워진다. 그리고 연기가 되어 굴뚝을 빠져나와 원래 태어난 나무의 고향, 숲으로 되돌아간다. 이것이 나무의 생애이다. 이 전 과정을 생각하면 나무가 불쌍하고 안타깝기 그지없다. 시인은 묻고 있다. "제 몸을 헐어 다른 생을 돕는 목숨에게 / 어찌 죽음을 얹을 수 있겠는지요"라고. 주위에 절대적인 도움을 주는 나무를 이렇게 취급해서는 안 된다는 것이다. 나무에 대한 그의 지극한 사랑은 「나무의 목숨」 연작시에 계속 이어지는 바, 시인은 수령 60년이 넘는 대추나무를 베어내면서 그 목숨이 옆의 나무에게 잘 건너가기를 바라기도 하고(「나무의 목숨 2」), 장작을 패면서 나무의 옹이를 두고 나무가 그의 삶을 살면서 가슴에 맺힌 것이 많았다고 생각하기도 한다(「나무의 목숨 3」). 다음도 같은 차원에서 논할 수 있는 작품이다.

늦은 저녁
군불 지피던 연기가
굴뚝목을 채 빠져나가기도 전에

얘야, 어둠도 발이 시리단다
방문을 아주 닫진 말아라

그날 할머니는
느리게 허리를 끌어올리며
저녁놀처럼 일렀습니다
부엉이 울음이 차츰 낮아지는
밤이 찾아왔습니다

문설주를 두드리던 바람도 차가웠습니다
할머니는 화로에 마저 담던
불씨를 덜어서
어둠의 발치로 밀어 넣었습니다
어둠이 발을 뻗고
깊은 잠이 들었습니다

할머니도 나도
천천히 어둠에 담겼습니다

아주 오래된 겨울밤이었습니다
—「오래된 겨울」 전문

이 시에서 어둠은 단순한 공간의 상황으로 제시되지 않는다. 감각이 있어 발이 시리기도 하고, 발을 뻗어 깊은 잠이 들기도 하는 생명체이다. 차가운 바람이 부는 겨울에 할머니는 불씨를 어둠의 발치로 밀어 넣었고, 어둠은 그 따뜻함으로 깊은 잠이 들었다. 그리고 할머니와 나도 비로소 어둠에 담길 수가 있었다. 어둠조차도 외면해서는 안 된다는 할머니의 지혜로 말미암아 할머니와 나와 어둠은 일체가 될 수 있었다. 어둠도 발이 시리기에 방문을 아주 닫지 말라는 할머니의 가르침에서 우리가 얻는 바는 무엇일까. 아니 시인이 소개하는 그와 할머니의 '오래된 겨울'의 일화는 우리에게 무엇을 일깨우는 것일까. 자연의 어느 하찮은 일부라도 보살펴야 하고, 결코 외면해서는 안 된다는 것이다. 그래야 자연과 함께 호흡할 수 있다는 것이다. 물아일체의 추구가 아닐 수 없다. 그의 물아일체의 지향은 다음 시에서 확연히 드러난다.

나 이제 갈란다

가서 시드는 꽃잎이나
속을 텅 비운 채
서 있는 나무들
오래오래 바라보면서
세상을 향한
육두문자도 다 집어던지고

이젠 나무 쪽으로
발을 뻗으며

어느 날은
굴참나무 한 그루로
저녁놀 속에 앉아 있다가
어느 날은
푸른 하늘에 낯을 담가도 보고

그대가 세상의 너른 강을
건널 때에는
그 밑에 엎드린
징검다리도 되었다가

나풀나풀 뛰어가는
흰 정강이뼈에
휘감기는 바람도
되어보면서

나 이제 갈란다
―「귀거래사」 전문

시의 문면으로 볼 때 화자는 굴참나무 한 그루로 저녁놀 속에 앉아 있거나, 푸른 하늘에 낯을 담가보길 원하기도 하고, 징검다리가 되어 그대가 강을 건널 때 그 밑에 엎드리고자 한다. 또 나풀나풀 뛰어가는 존재에 휘감기는 바람이 되고자 한다. 물아일체를 지향한다는 것이 뚜렷이 드러난다. 잘 알다시피 물아일체란 주체와 객체 사이에 어떤 구별도 없는 것이다. 천지 만물은 큰 차원에서 보면 모두가 한 가지이다. 그러므로 어느 존재가 되어도 상관없다. 이 물아일체는 장자의 '제물론'에 기반이 되는 것으로, 세계에 존재하는 사물 가운데 상대적인 관계 속에서 형성되지 않은 것이 없다는 것이다. '호접지몽'이 깨우치듯 장주가 나비가 될 수 있고, 나비도 장주가 될 수 있다. 이 제물론적 인식은 후에 언급하게 되는 연기론적 인식과도 상통하는 바 있으나 편의상 별도로 다루고자 한다.

이 시에서 다만 우리가 유의할 것은 시인이 굴참나무, 징검다리, 바람 같은 자연물이 되어서 어떻게 하느냐이다. 그들은 모두 제 욕심을 채우려 하지 않고 주위의 다른 존재물에게 저 나름의 기여를 한다. 따라서 그런 자연물이 되겠다는 것은 시인 역시 귀거래하여 그런 삶을 살겠다는 소망을 간접적으로 드러낸 것과 같다. 시인의 물아일체의 지향은 "내 몸이 한 폭의 풍경으로 설 날을 기다립니다"(「한정록 2」), "한 폭의 풍경으로 머물고 싶을 때 / 숲으로 걸어가 새처럼 앉아 있었다"(「내 몸이 시가 되는 순간 3」)라는 시적 진술에서도 나타난다.

3. '고요', 그 허정(虛靜)의 실체

신승근 시인의 이번 시집에서 또 눈에 띄는 시어는 '고요'이다. 고요는 무엇인가. 고요를 통해 우리는 무엇을 얻게 되는가. 모두가 잠들어 있는 시간에 홀로 사색에 잠기다보면 고요가 찾아옴을 경험한 일이 있을 것이다. 고요의 공간이 없는 사람은 없다. 그때 대부분의 경우 자신의 내면을 들여다보게 되고, 좀 더 깊은 생각을 하게 되며, 대낮의 시끄러움 속에서 내가 미처 깨닫지 못했던 것을 깨우치게 된다. 그러기에 고요는 단순한 적막이 아니다. 정체(停滯)도 아니다. 오히려 사물의 말을 들을 수 있고, 자신도 미처 생각지 못한 상상력을 펼쳐나가며, 사유하는 계기를 만들어주는 시공이다. 그러므로 끊임없이 운동하는 실체이다. 고요 속에는 보이지 않는 운동이 있다. 하이데거가 왜 고요를 '울림'이라고 정의하는가를 짐작하게 된다. 시인의 고요는 다음처럼 펼쳐진다.

빗소리에 묻힌
고요가 찾아왔습니다
안개가 큰 산을 떠메고
너른 강을 건너고 있을 때
흰 두루미 한 마리
빗소리 위에
제 몸의 반을 접어 얹습니다

절반은 고요 속에 담겼습니다
내 몸도 접으면
빗소리 어느 갈피쯤에
다소곳이 누워
고요의 한복판에
다다를 수 있을까요
빗소리 너머
고요 속에 다다른
당신의 외로움을
가만히 적셔줄 수 있을까요
—「빗소리 너머」 전문

'고요'는 이 시의 주도적인 이미지이다. 고요가 시 전체를 이끌고 있다. 화자에게 찾아온 고요는 빗소리에 묻힌 고요이다. 빗소리만 들리고 어떤 잡음도 없는 상태로 추정된다. 이 경우 고요는 빗소리 속의 고요이기에 더욱 침잠된 고요이다. 빗소리가 고요를 깨는 것이 아니라 더욱 깊은 고요를 만든다. 원래 고요는 사방에 인기척도 없고 사물들의 미동도 없는 적막의 상태를 말하지만, 마음을 다스린 경지에서는 시끄러움 속에서도 고요를 경험할 수 있다. 시끄러움을 그대로 내버려두거나 적응을 하면 자기 내면의 고요로 들어가게 되기 때문이다. 그 고요는 시끄러움을 견뎌냈기에 흔들림이 없는 고요이다. 웬만한 방해를 받지 않고선 고요는 유지된다. 아마 지금 화자가 맞고 있는 고요는 이런 고요일지 모른다.

이 시를 선경후정(先景後情)의 구조로 파악할 때 후정에 해당되는 부분을 보자. 화자는 빗소리와 한 몸이 되어 고요의 한복판에 다다르기를 바란다. 제 몸의 반을 접어 빗소리에 얹고, 나머지 절반은 고요 속에 담그고 있는 흰 두루미를 보고 그와 같은 포즈를 취하길 원하는 것이다. 동일화의 지향이다. 왜 그렇게 하고자 하는가. 내가 '빗소리의 고요' 속에 있어야 "빗소리 너머 / 고요 속에 다다른" 당신과 연결될 수 있다. 당신에 대한 이해와 위로는 고요를 공분모로 해서 서로 연결이 될 때 비로소 가능하다. 영성가 에크하르트 톨레는 자연에서 고요함을 배우라고 일침하면서 "나무를 바라보며 그 안의 고요함을 인식할 때 나도 고요해지며, 깊은 차원으로 나무와 연결이 된다"(『고요함의 지혜』)라고 했다. 시인의 '고요'는 다음처럼 '텅 빔'을 수반하기도 한다.

방 하나를
환하게 비웠습니다
잡동사니들을 보내고 나니
방안 가득
고요가 내려와 쌓입니다
자리 틀고 앉았습니다
오롯하니 이젠 내가
잡동사니 같습니다

작은 사발 하나 소반에 얹어
방 한가운데에 놓았습니다
맑고 향기로운 바람이
사발 안에 다소곳이 담겼다가
나를 다시
고요의 심연으로 데려다줍니다
내 몸도 덩달아
환하게 밝아옵니다
—「면벽 1」 전문

이 시에서 화자가 고요를 맞는 상황은 두 경우이다. 하나는 방을 환하게 비우고 나니 고요가 내려와 쌓였다는 것이고, 다른 하나는 방 한가운데 텅 빈 사발 하나 놓으니 맑고 향기로운 바람이 담겼다가 화자를 고요의 심연으로 데려다준다는 것이다. 결국 고요의 생성은 '비움'과 '텅 빔'을 통해 이루어졌다. 이 시의 내용은 장자의 '허실생백(虛室生白)'을 떠올리게 한다. 즉 방을 비우니 빛이 틈새로 들어와 환하게 밝힌다는 것이다. 방을 비운다는 것의 내포적 의미는 무엇인가. 마음을 텅 비게 한다는 것이다. 상대적인 의식을 버리고 마음을 텅 비게 만들어야 상서로운 일이 이런 곳에 머물게 된다는 뜻이다. 일반적으로 마음이 텅 비게 되면 고독하거나 불안을 느낄 것이라고 생각하기 쉽지만, '텅 빔'으로부터 벗어나려 하지 말고 그 속에 빠져들면 내 몸이 환하게 밝아옴을 경험할 것이다.

'고요의 심연'도 마찬가지이다. 고요하게 되면 사방의 충족 속에 현실 속의 내가 아닌 또 다른 본래적인 나를 만나게 된다. '텅 빔'과 '고요', 허정(虛靜)은 아무것도 없는 무(無)가 아니라 이같이 해내는 일이 많다. '무위(無爲)이나 무불위(無不爲)', 즉 아무것도 안 하지만 되지 않는 것이 없는 것이다. 다음 시는 이와 유사한 메시지를 담은 작품이다.

벽을 향해 앉았습니다
벽이여, 문이 되어 열려라
서슬 퍼런 마음의 날을
갈고 또 갈았습니다
갈수록 벽은 더 가파르고
질끈 눈을 감아도
더 우뚝 성성합니다
마음의 날을 세우면 세울수록
벽은 더욱 용솟음쳐 오르다가
이윽고 나를 삼켜버립니다
이제는 벽 안의 내가
벽 밖의 나를 바라봅니다
내가 보이지 않습니다
내가 있던 자리에
텅 빈 고요가
자리 틀고 앉았습니다
그때, 내가 사라졌다고 생각되는 바로 그때

고스란히, 소스라치게
저 깊은 심연에서 떠오르는
내가 보였습니다
아주 낯선 내가
거기 우두커니 앉아 있었습니다
—「면벽 2」 전문

「면벽 1」에서와 마찬가지로 이 시의 화자도 벽을 향해 앉아 있다. 그러나 면벽수행을 하기 위해서가 아니다. 화자는 벽이 문이 되어 열리기를 바란다. 벽 안의 또 다른 '나'를 만나기 위해서이다. '나'를 만나려는 소망의 강도는 "서슬 퍼런 마음의 날"의 비유에서 보듯 섬뜩할 만큼 확고하다. 그러나 그렇게 바란다고 벽이 문이 될 것인가. 오히려 화자의 집착과 미망을 꾸짖듯 벽은 더 높아지고 단단해졌고, 결국 벽이 '나'를 삼켜버렸다. 이제 벽을 향해 앉아 있던 "벽 밖의 나"는 사라져 보이지 않는다. 하심(下心)이 없었던 결과이다. 그 자리에는 마음의 날을 세운 '나' 대신 '텅 빈 고요'가 앉아 있다. 노자는 허정을 얘기하면서 "도는 텅 비어 있지만 그것의 작용은 그침이 없고 깊다"고 하여 '허(虛)'를 강조했고, "만물은 각자 자신의 근본으로 돌아가는데 이 돌아가는 것이 '정(靜)'이다"라고 하며 '정'의 작용을 중시했다. 그처럼 '텅 빈 고요'도 화자를 자신의 근본으로 돌아가게 한다. "저 깊은 심연에서 떠오르는 내"가 보이는 이유이다. 그러나 마음의 날을 갈고 욕망을 다스리지 못한 화자에게 그 존재는 '아주 낯선 나'일 수밖에 없다.

4. 화엄 사상 또는 연기론적 인식

신승근 시인의 이번 시들에는 화엄 사상도 깔려 있다. 심심치 않게 만나게 되는 또 다른 주지(主旨)이다. 화엄 사상은 그 기초적 개념이 연기(緣起)이다. 연기란 모든 사물은 서로가 의존하며 존재하는 것이고, 그런 까닭에 모두가 평등하다는 것이다. 독립된 실체를 지니고 있는 것은 없다. 일체의 존재는 서로 연결되고 의지되어서 무한히 유동해간다. 중중무진(重重無盡)의 연기이다. 따라서 하나가 모든 것이요, 모든 것이 하나이다. '일즉일체(一卽一切) 일체즉일(一切卽一)'이다. 연기론의 교훈은 나와 나 아닌 것의 차별이 없으니 나 아닌 것들에 무심해서는 안 된다는 것이다. 서로가 얽히고 얽히는 이 무한한 연결은 마치 거대한 그물망과도 같아 인드라망으로 불리기도 한다. 다음은 시의 제목이 바로 '화엄'인 작품이다.

쉐다곤에서 나는 화엄을 보았다

〉

아이들은 아이들대로
어른들은 어른들대로
흑인도 황색인도 백인도 차별 없이
맨발과 맨발이 만나 이루는 장관
쉐다곤의 저 높은 금불상보다도
장엄한 맨발들의 행렬이었다

맨발로 걸어본 사람들은 알 것이다.
내 몸이 무엇을 원하는지를
붓다가 왜 맨발로 탁발에 나섰는지를

쉐다곤의 돌계단에 앉아
맨발들의 향연에 내 두 발을 담갔을 때
사람들은 꽃처럼 피어나고 있었다

장엄한 꽃들의 행진
낮게 하염없이 더 낮게 내 몸을 낮추어
그들의 맨발에 입 맞추고 싶었다
맨발이 맨발에 보내는
이 내밀한 기운이
내 몸을 파고들어와 꽃을 피웠다

나는 그때 화엄을 보았다
—「화엄」 전문

쉐다곤 파고다는 미얀마가 자랑하는 장엄한 첨탑이요, 불교의 성지이다. 금과 온갖 보석들로 장식된 호화로움의 극치는 미얀마인의 긍지이기도 하다. 세계에서 온 관광객이나 많은 신도들이 이곳을 찾아 맨발로 성지 순례를 한다. 맨발이어야 하는 이유는 맨발의 고행을 한 붓다에 대해 경의를 표하기 위함이다. 붓다께서는 평생을 길 위에서 생활하면서 중생구제를 위해 맨발로 걸으시며 많은 중생들의 아픔을 어루만졌다. 아마 시인은 실제로 이 쉐다곤을 갔다 온 것 같다. 거기서 남녀노소나 인종의 차별 없이 맨발로 순례를 하는 사람들을 보았다. "장엄한 맨발들의 행렬"을 본 것이다. 맨발과 맨발이 만난다는 것은 모든 가식을 벗어버리고 자기를 낮추며 화합하는 것이다. 그것은 인간 대 인간의 만남이다. 시인은 이 향연에 맨발로 동참을 한다. 그리고 내밀한 기운이 그의 몸에 들어와 꽃을 피움을 경험한다. 내면에 부처께서 전해주는 자비와 사랑과 공덕이 화엄으로 쌓인 것이다. 인간과 사물 간에 차이가 없다는 시인의 화엄적 인식은 다음처럼 상황의 주체를 전도(顚倒)하는 시로 선보이기도 한다.

빈방이다

무엇인가 가볍게 출렁였다 싶었는데
그뿐
내가 보이지 않는다
〉

나는 방에서 자주 나를 잃는다

내가 방으로 들어간 게 아니라
방이 내게 들어왔기 때문이다

방이 착한 손을 내밀어 나를 맞이한 것일까
내가 많이 부드러워졌기 때문일까

분명 무엇이 찾아온 것이다

이젠 나가야지 하는 순간
방도 소리 없이 내 안에서 빠져나갔다

그뿐이다
—「빈방」 전문

화자는 "나는 방에서 자주 나를 잃는다"고 한다. 이 언술은 무슨 의미인가. 내가 방으로 들어간 것이 아니라 방이 내게 들어왔다고 느꼈기 때문이다. 방의 주인이 내가 아니라 방이라고 생각한 것이다. 이러한 전도는 일반적인 관념으로는 납득할 수 없는 일이다. 주객전도도 이만저만이 아니다. 내가 있는 방의 주인이 내가 아니고 방이라고 가정해보자. 내가 그 방에서 어떠한 존재인가. 아무런 존재도 아니다. 그저 미미한 존재, '가벼운 출렁임'에 지나지 않는다. 당연히 "내가 보이지 않는다". 어느 면에서 보면

방이 착한 손을 내밀어 나를 맞이했기에 내가 방에 있는 것이다. 방과 나와의 동거에서 주도권은 방에게 있다.

우리는 항상 새를 보거나 꽃을 보았을 때, 아니 다른 우주 만물을 보았을 때에도 그 주체를 인간에게 둔다. 그러나 그것은 서로가 서로에게 의존하며 만물 간에 차별이 없다는 연기론적 사고로 보면 잘못된 것이다. 입장이 얼마든지 뒤바뀔 수 있다. 새가 나를 보았다든가, 꽃이 나를 보았다는 식으로 말이다. '나'를 중심으로 생각하는 것은 인간을 우위에 두고 나머지 사물은 하위에 두는 차별적 인식 때문이다. 이러한 주체의 뒤바뀜은 비단 새나 꽃 같은 생물뿐만 아니라 무생물도 마찬가지이다. 커다란 바위 앞에 서서 바위를 볼 때 내가 바위를 보는 것이 아니라, 바위가 나를 보는 것으로 생각할 수 있다. 위에서 살펴본 「빈방」은 이러한 연기론적 인식에 바탕을 두고 있다. 「찰나」란 시도 이와 유사하다.

그때

폭설이 절벽에 기댄 채 내리고
폭설이 강물에 몸을 던지며 내릴 때
아니, 절벽이 폭설을 배경으로 서고
강물이 폭설을 배경 삼아 흐를 때

누가 앞에 서고

누가 뒤에 흐르는 것이 아니라
앞이 뒤가 되고 뒤가 앞이 되기도 할 때
나 또한 그 경계에 이르러
안팎이 다른 것이 아님을 알게 될 때

그때
산문을 지나 불이문에 막 다다랐을
바로 그때

눈썹 끝에 천근만근의 싸락눈이
사뿐히 내려와 앉더라는 말이다
—「찰나」 전문

시의 서두에 펼쳐진 장면을 생각해보자. 절벽이 있고, 그 밑에 강물이 흐르고 있다. 그곳에 폭설이 내린다. 폭설은 절벽에 쌓이고, 더러는 절벽 밑 강물로 내리고 있다. 이때 폭설이 절벽에 기댄 채 내리는 것인가, 절벽이 폭설을 배경으로 서 있는 것인가. 또는 폭설이 강물에 몸을 던져 내리는 것인가, 강물이 폭설을 배경 삼아 흐르는 것인가. 어느 경우도 틀리지 않다. 폭설과 절벽과 강물 중 어떤 자연물을 주체로 삼느냐에 따라 다른 표현이 되는 것뿐이다. 그러므로 누가 앞에 서고 누가 뒤에 흐르는 것도 아니요, 앞이 뒤가 되고 뒤가 앞이 되기도 한다. 시적 주체는 이 같은 인식을 하게 되는 경계에 이르러 안팎이 다른 것이 아님을 알게 된다. 안이 밖이 될 수 있고, 밖이 안이 될 수 있다. '안팎'이라고 해서 안과 밖을 구별해놓은 것은 인간의 작위적인 행위에 지나지 않는다. 이른바 자타불이(自他不二)요, 그것을 그야말로 찰나에 깨닫게 되었다. 이 자타불이의 불리(佛理)는 그때 막 다다른 곳이 불이문(不二門)이기에 더욱 확실히 마음속에 자리 잡는다. 불이문은 모든 진리가 둘이 아니요, 불이의 경지에 들어서야만 부처가 될 수 있음을 상징하는 문인데 화자가 그곳에 다다른 것이다. 그리고 그는 비로소 천근만근으로 무겁게 느껴진 눈썹 끝의 싸락눈이 가볍게 여겨진다. 생각하기 나름에 따라 경중(輕重)이란 것도 둘이 아닌 것이다.

5. 철학적 사유에 기반한 시의 지평

『나무의 목숨』을 통해 본 신승근 시인의 시세계는 앞서 언급한 사항 외에도 사실 더 다루어져야 할 것들이 있다. 「출가」「무위사」「무릉과 도원 사이」 등에 나타난 불교의 '무위' 사상이라든가, 연작시 「내 몸이 시가 되는 순간」과 「한정록」「몸의 말」 등에서 보여진 그의 몸철학이 그것이다. '무위' 사상은 예를 들어 「출가」 같은 시에서 수행자가 모든 것을 내려놓고 내 안의 부처를 만나기 위해 출가를 하려고 한다고 하자 그를 들은 스님이 "아서라 그러다가 몹쓸 상 하나 더 얻겠다"(「출가」)고 지적하는데, 이것은 내 안의 부처를 만나려고 하는 것 역시 상(相)의 집착임을 일러주는 것으로, 모든 탐욕을 버리라는 '무위'를 강조한 것으로 볼 수 있다. 불교에서 말하는 '무위'는 온갖 분별과 차별과 망상이 끊긴 마음 상태이고, 탐. 진. 치 삼독(三毒)이 소멸된 열반의 상태를 이른다. 시인의 몸철학은 "인생의 후반은 몸으로 살아보려네. 몸을 쓰지 않으면 생각만 너무 웃자라기 때문이지"(「한정록 3」), "마음이 어디 있느냐고 물었더냐 / 몸이 건네는 말이 곧 마음이니 / 몸과 마음은 다르지 않으니라"(「몸의 말」) 같은 구절에서 살필 수 있는데, 그는 귀향하여 농사일을 직접 하면서 마음 못지않게 몸이 신비하고 중요함을 터득하고 이 몸철학을 시로 전달하고 있다.

신승근 시인은 과작(寡作)의 시인이다. 등단하여 시단에 나온 지 40년이 넘어가는 데도 그동안 펴낸 시집은 네 권에 지나지 않는다. 이 사실은 무엇을 말해주는가. 진지하게 시 창작에 임하고 있다는 얘기이다. 일찍이 지용은 "시적 기밀에 참가하여 그 깊은 뜻에 들어서기 전에 아무 쓸모없는 다작이란 헛수고에 그칠 뿐이요, 자존(自尊)이 있을 리 없다"라고 경계했다. 그러나 그것을 깨닫지 못하고 시답지 않은 시를 다량으로 쓰고 발표하는 시인들이 너무나 많다. 내가 알기로 그는 시작(詩作)에 힘쓰기에 앞서 노장 사상이나 불교의 교리에 접하려고 많은 책을 읽었고, 사찰을 탐방하거나 선승들을 만나기도 했다. 그 체험에서 얻은 철리(哲理)가 내공으로 자리 잡고 자연스레 시화되어야 그는 비로소 한 편의 시를 완성시켰다고 짐작한다. 그런 시수(詩瘦) 때문인지 과작일 수밖에 없었다. 이렇게 난산 끝에 나온 시들이라 이번 시집에는 앞서 보았듯 서정과 조화를 이룬 철학적인 시들이 여럿 있다. 앞으로 그의 시가 더욱 심층적으로 전개되어 현대시의 전범이 되기를 기대해본다.

나무의 목숨

1판 2쇄 발행 2021년 1월 20일

지은이 신승근
발행인 윤미소
발행처 (주)달아실출판사

책임편집 박제영
디자인 전형근
마케팅 배상휘
법률자문 김용진

주소 강원도 춘천시 춘천로 17번길 37, 1층
전화 033-241-7661
팩스 033-241-7662
이메일 dalasilmoongo@naver.com
출판등록 2016년 12월 30일 제494호

ISBN 979-11-88710-77-5 03810

* 이 도서의 국립중앙도서관 출판예정도서목록(CIP)은 서지정보유통지원시스템 홈페이지(http://seoji.nl.go.kr)와 국가자료공동목록시스템(http://www.nl.go.kr/kolisnet)에서 이용하실 수 있습니다.(CIP제어번호 : CIP2020037098)
* 잘못된 책은 구입한 곳에서 바꿔드립니다.
* 책값은 뒤표지에 표시되어 있습니다.
* 이 책은 강원도, 강원문화재단의 후원으로 발간되었습니다.